LE BAL MASQUÉ,

COMÉDIE

EN UN ACTE ET EN VERS

AVEC UN DIVERTISSEMENT.

Repréſentée pour la première fois, à Paris, ſur le Théâtre du Palais-Royal, dans le mois de Septembre 1786.

Prix, *vingt-quatre ſols.*

A PARIS,

Chez CAILLEAU, Imprimeur-Libraire, rue Galande, Nº. 64.

M. DCC. LXXXVII.

NOTE DE L'AUTEUR.

On a dit de cette Comédie que c'eſt une foible imitation des *Maris Corrigés*. Je ne prétends point établir entre ces deux Pièces un parallèle qui ne me ſeroit pas avantageux; mais je proteſte hautement contre l'imputation de plagiat, & je me félicite d'avoir deviné, en 1770, un ſujet que Monſieur de la C***. devoit traiter & embellir en 1781. Si l'on m'objecte l'antériorité, voici ma réponſe:

Le Bal parut d'abord en Proſe, mêlée d'Ariettes à Copenhague, en 1770, miſe en Muſique par M. P**.; cette Pièce fut jouée ſur un Théatre de Province en 1773. Cinq ans après je jugeai à propos d'en ſupprimer la Muſique & de la mettre en Vers, pour l'envoyer à un célèbre Acteur de la Comédie Françaiſe, qui doit encore avoir le manuſcrit. En 1779 je ſubſtituai le rôle d'Arlequin à celui de Frontin; &, en cet état, la Pièce fut préſentée à M. Clairval, qui me la renvoya avec des obſervations & la lettre la plus obligeante. En 1781 le Bal fit encore le voyage de Paris ſous le couvert de M. de S. Preux, Penſionnaire du Théatre Italien; inſtruit par lui qu'alors on répétoit les *Maris Corrigés*, & du rapport qui exiſtoit entre cette Comédie & la mienne, je la retirai: il eut été imprudent de lutter contre un Ouvrage charmant que le Public reçut avec tranſport, & qui le méritoit.

Occupé d'affaires qui me tiennent éloigné de la Capitale, j'avois abandonné tout projet ſur ma Pièce, quand, par un petit retour d'amour-propre, je me ſuis décidé à la donner au Théatre du Palais-Royal, où l'on m'aſſure qu'elle a obtenu quelque ſuccès.

Si le Public mettoit quelque intérêt à connoître la vérité de ce que j'avance, je m'engage à donner, à cet égard, toutes les preuves que l'on pourroit exiger.

PERSONNAGES.	ACTEURS.
Le Marquis de LISVAL.	M. S. Clair.
ZÉLIE, Femme de Lifval.	Mlle. Forét.
Le Comte de BELMONT, ami de Lifval.	M. Maille.
ISMÈNE, Sœur. ⎫ de Belmont, & amies CLOÉ, Parente. ⎭ de Zélie.	Mlle. Tabraife, cadette. Mlle. Tabraife, l'aînée.
FRONTIN, Valet-de-Chambre de Lifval.	M. Michot.
LAURETTE, Femme-de-Chambre de Zélie, & Femme de Frontin.	Mlle. Fiat.

La Scène eft à Paris dans l'Hôtel du Comte de Belmont.

LE BAL MASQUÉ,
COMÉDIE.

SCENE PREMIERE.

ZÉLIE *en habit de bal très-élégant*, LAURETTE
en Bohémienne, toutes deux le masque à la main.

LAURETTE.

Eh bien ! Madame, en doutez-vous encore ?
Le Marquis de Lisval, votre fidèle époux,
  Tout en jurant qu'il vous adore,
Offre à votre rivale un triomphe assez doux.
  Certain que vous êtes absente,
  De la fête la plus brillante,
Sa nouvelle conquête est aujourd'hui l'objet...
—Vous riez ! Trouvez-vous l'aventure plaisante ?
  Ma foi ! vous en avez sujet.

ZÉLIE.

Oui, ta vivacité m'enchante,

A 3

Et l'amour de Lisval...

LAURETTE.

Vous réjouit aussi !

ZÉLIE.

Il ne me donne aucun souci.

LAURETTE.

C'est être de sang-froid : j'enrage.
Comment, Madame, après un an de mariage,
Se voir trahir sans murmurer !
Vraîment, je ne dis pas qu'il vous faille pleurer,
Négliger vos attraits ; au contraire, une femme,
Par prudence, par vanité,
Doit cacher son dépit dans le fond de son ame ;
Mais elle doit punir une infidélité,
En dévisageant sa rivale :
Je traiterois ainsi cette Beauté fatale
Qui vous ravit le cœur de Monsieur de Lisval.

ZÉLIE.

Laurette, n'en dis point de mal ;
Je la connois.

LAURETTE.

Fort bien.

ZÉLIE.

Je dirai plus ; je l'aime.

LAURETTE.

Vous l'aimez ?

COMÉDIE.

ZÉLIE.

Oui, de tout mon cœur.
Mais, tiens, pour te tirer d'erreur,
Regarde ce portrait.

LAURETTE, *examinant le portrait.*

Ma surprise est extrême!
Madame, c'est vous, trait pour trait;
Votre bouche, vos yeux.

ZÉLIE.

Oui, Laurette, en effet
Cette rivale... c'est moi-même.

LAURETTE.

Cette rivale... ce portrait...
Notre départ & ce mystère.
Je m'y perds : rendez-moi cette énigme plus claire.

ZÉLIE.

Je vais l'expliquer tout-à-fait.
Le mois dernier, le Baron de Melflore
Et mon époux, furent au Bal
Chez la Comtesse de Blacmore.
Il me vint dans l'esprit d'y rejoindre Lisval,
Non que mon ame fut saisie
Du moindre accès de jalousie.
Chère Laurette, mon amour,
Croyant être payé du plus tendre retour,
Préparoit à l'ingrat une aimable surprise :
Cet espoir si flatteur m'occupa tout le jour.

Le tems fuit, minuit fonne, & chacun fe déguife.
Nous fortons : je n'avois avec moi que Belmont,
   Sa coufine & la jeune Ifmène.
Nous arrivons au Bal ; après bien de la peine,
Nous rencontrons enfin Lifval & le Baron.
   Lifval, frappé de ma parure,
Me fuit par-tout ; il cherche a découvrir mes traits :
L'imagination me prête des attraits,
Et lui fait préfager une heureufe aventure ;
Il s'attache à moi feule, & ne me quitte plus.
Pour m'en débarraffer, mes foins font fuperflus :
   Efprit, douceurs, tendre langage,
Propos galans, faillie, il met tout en ufage
   Pour obtenir que le mafque jaloux
    Ceffe de cacher mon vifage.
Je réfifte ; il s'en plaint, & tombe à mes genoux.
Je m'échappe en riant de tout ce badinage ;
Mais il n'eft pas moins vrai que mon époux volage,
D'un fentiment nouveau croyant fuivre la loi,
Trahiffoit fans remords & mes feux & fa foi.

    L A U R E T T E.

   Voilà de leur délicateffe !
Ces Meffieurs font charmans ! hom ! je ne fais pourquoi
   On s'empètre de cette efpèce.

    Z É L I E.

Lifval, depuis ce tems, trifte, fombre, rêveur,
Cherche à me dérober le fecret de fa flamme :
   Malgré lui je lis dans fon ame ;

Le devoir y combat une naissante ardeur :
Le devoir cédera.

LAURETTE.

Quoi ! vous croyez, Madame...

ZÉLIE.

Je prétends le pousser à bout,
Laurette ; il me cherche par-tout,
Et moi, de mon côté, je l'obsède sans cesse.
Sous ce déguisement, irritant sa tendresse,
Je veux qu'il me livre son cœur,
Et le punir de sa foiblesse,
En lui ravissant son erreur :
On ne sauroit, je crois, être plus raisonnable.

LAURETTE.

C'est, au moins, être fort traitable.

ZÉLIE.

J'ai moi-même fixé le jour
Où je dois de Lisval récompenser l'amour.
Dans le tumulte de la fête
Qu'il me donne aujourd'hui chez son ami Belmont,
Nous devons nous trouver en ce lieu tête à tête.

LAURETTE.

Le tête à tête sera bon :
Deux époux !

ZÉLIE.

En prêtant son hôtel & son nom,

En flattant de Lifval les vœux & l'inconftance,
Belmont fixe fa confiance ;
Mais il me trahit & me fert.
Tous deux agiffant de concert,
Au premier mot de mon abfence,
Ont, pour me retenir, prodigué l'éloquence.
Lifval trembloit de réuffir,
Et moi, je brûlois de fortir.
Je fuis fortie enfin, &, grace à mon complice,
De notre innocent artifice
Lifval ne peut rien découvrir.

LAURETTE.

Vous le croyez ?

ZÉLIE.

J'en fuis prefque certaine.
Mon retour chez Belmont n'eft connu que de nous ;
Cloé, Belmont, fa fœur Ifmène,
Tous trois font contre mon époux ;
Et pour le ramener à fa première chaîne,
Le parti que je prends leur femble encor trop doux ;
Tous, pour me feconder, vont employer leur zèle.
Aux dépens de mon infidèle,
Pour la dernière fois je prétends m'amufer.
Hélas ! beaucoup plutôt peut-être
J'aurois dû le défabufer.
Qui fait, quand il va me connoître,
Jufqu'où l'ingrat... s'il m'aime, un mot doit m'excufer.
Suivons notre projet, rien ne fauroit nous nuire ;

Tout eſt bien concerté. Belmont doit introduire
Liſval dans ce ſalon, dont je puis diſpoſer.

Iſmène... on vient....je crois l'entendre...
C'eſt elle avec Cloé : toi, rentre dans le Bal ;
Recommande à Belmont d'empêcher que Liſval
Ne vienne ſans lui nous ſurprendre.

(Laurette ſort).

SCENE II.

ZÉLIE, ISMÈNE, CLOÉ, *en habit de Bal &*
démaſquées.

ZÉLIE.

Eh bien ! que fait Liſval ?

ISMÈNE.

Il eſt fort inquiet.
Il cherche, il court, il examine ;
A mon frère il parle en ſecret.
Sans les entendre, aiſément on devine
Que de leur entretien l'inconnue eſt l'objet.

CLOÉ.

Voilà donc ce Liſval ſi ſoumis & ſi tendre !
Tenez, je crois encor l'entendre
Quand il n'étoit que votre Amant :
Jamais, vous-diſoit-il, je ne ſerai perfide.
Je vous aime, Zélie, & je fais le ſerment

De vous adorer conſtamment.
Séduite par ſon éloquence,
Liſval ſera, diſois-je, un très-aimable époux.
C'eſt un garçon charmant ; tendreſſe, complaiſance,
          Empreſſemens, ſoins les plus doux,
Tout ce que l'on peut être, il le ſera pour vous :
          Je vous félicitois d'avance ;
Il vous poſſède enfin… mais quelle différence !
          Au reſte, ils ſe reſſemblent tous ;
          Bruſques, volages ou jaloux,
Et ſouvent tout cela.

Z É L I E.

          Dites-moi, je vous prie,
          Liſval ne ſoupçonne-t-il rien ?
Je ne ſuis pas tranquille : il ſe pourroit fort bien
Qu'il ſe fut apperçu de la plaiſanterie.

I S M È N E.

          Eh ! non, non ; je vous garantis
Que nous pouvons agir ſans le moindre ſcrupule.

Z É L I E.

Iſmène, il n'eſt pas ſi crédule.

C L O É.

Il eſt, ſur nos deſſeins, c'eſt moi qui vous le dis,
          Dans une ignorance profonde ;
Tandis qu'à ſes dépens on peut ſe divertir,
          C'eſt ſe tourmenter à plaiſir.
Songe-t-il ſeulement que vous êtes au monde ?

L'efpoir de fubjuguer un objet enchanteur,
L'éclat d'une fuperbe fête,
L'orgueil d'accumuler conquête fur conquête ,
Voilà de votre époux ce qui remplit le cœur.
Lifval, vous croire ici! je gagerois ma tête,
Qu'au moment où je parle, il a même oublié
Qu'avec vous il eft marié.

ZÉLIE.
Cloé, j'ai moins de confiance.
Tout en feignant de me fervir,
Belmont ne peut-il me trahir?
Les hommes font entr'eux toujours d'intelligence;
Nous duper eft pour eux un paffe-tems fi doux!
Le même amour de l'inconftance
Semble les inviter à beaucoup d'indulgence ;
Et Belmont, contre moi, peut fervir mon époux,
En révélant ce que nous voulons taire.

ISMÈNE.
Ah! Madame, que dites-vous?
Non, non, je réponds de mon frère;
Il eft honnête homme & difcret:
Rien ne peut de fon fein arracher le fecret
Dont on le fait dépofitaire.

CLOÉ.
Ainfi donc, Monfieur de Lifval,
Nous allons toutes trois vous combattre & vous vaincre,
En dépit de l'amour, nous allons vous convaincre
Que l'Hymen aujourd'hui fait les honneurs du Bal.

ISMÈNE.

J'entends quelqu'un.

ZÉLIE.

Fuyons.

ISMÈNE.

C'eſt mon frère ou Laurette.

CLOÉ.

C'eſt Belmont.

SCENE III.

BELMONT, *en Domino & ſans maſque*, ZÉLIE, ISMÈNE ET CLOÉ, *démaſquées*.

BELMONT *à Zélie.*

Du Marquis j'ai devancé les pas;
Vous l'allez voir, Madame ; une pente ſecrette
Maîgré lui le ramène auprès de vos appas.

ZÉLIE.

De ce compliment là je ne ſuis point la dupe ;
Ainſi je n'y répondrai pas.

(*Zélie & Iſmène ſortent après avoir remis leurs maſques*).

SCENE IV.

CLOÉ, BELMONT.

BELMONT.

Vous restez ?

CLOÉ.

L'inconnue en ce moment occupe
Monsieur Lisval. Trompé par ce déguisement,
Absolument pareil à celui de Zélie,
Il va me débiter quelque tendre folie,
Et je veux m'en donner le divertissement.

BELMONT.

C'est s'exposer imprudemment.
Vous le savez, belle cousine,
Le Marquis de Lisval est un homme charmant.

CLOÉ.

Mon cher parent, je vous devine ;
Vous tremblez pour ma liberté.
Mais tranquillisez-vous : ce Marquis si vanté
Ne me séduira point ; c'est un amant volage :
Je ne voudrois jamais d'un cœur qui se partage,
Et le mien est en sûreté.

BELMONT.

Voici Lisval.

CLOÉ *remettant son masque.*

Feignons de sortir.

SCENE V.

LISVAL, *en habit de Bal très-galant & sans masque,*
CLOÉ, *masquée,* BELMONT.

LISVAL *à Cloé, qu'il prend pour Zélie.*

AH, cruelle !
Arrêtez, de grace, arrêtez.
Quand je viens rendre hommage à vos beautés,
Vous semblez méprifer l'amant le plus fidèle :
Ingrate, en vain vous m'évitiez,
L'amour, le tendre amour me guidoit à vos pieds.

CLOÉ *à part.*

On ne sauroit parler un plus joli langage.

BELMONT *à Lisval.*

Elle se tait.

CLOÉ *à part.*

Je puis hasarder un soupir.

LISVAL.

Madame, expliquez-vous : dois-je vivre ou mourir?

CLOÉ.

Hélas !

LISVAL,

Vous soupirez ! Est-ce un heureux préfage ?
Dois-je l'interpréter en faveur de mes feux ?
Que craignez-vous ? Parlez: daignez combler mes vœux.

Otez

Otez ce masque insupportable :
Vous m'avez permis d'espérer
Qu'aujourd'hui... que ce soir... Ciel ! que dois-je augurer
De ce silence qui m'accable ?

CLOÉ.

Lisval, c'est trop long-tems jouir de votre erreur :
Je vous pardonne un jeu que la fête autorise.
Vous croyez me connoître, & ce masque trompeur
Vous a fait avoüer l'état de votre cœur.
Vous aimez, on vous aime, & j'en suis peu surprise :
Vous méritez votre bonheur.
Adieu, trop dangereux vainqueur ;
Je vous laisse, & je vais rire de la méprise.

(Elle sort en lui faisant une profonde révérence & en riant aux éclats).

SCENE VI.

LISVAL, BELMONT.

LISVAL.

BELMONT, je suis pris comme un sot.

BELMONT.

On te raille, Marquis, & te taire est ton lot.

LISVAL *rêvant*.

Même déguisement, même air, même parure,

B

Le son de voix moins doux.

BELMONT.

Tiens, mon cher, je te jure
Que l'on se moque ici de toi.
Mais si jamais Zélie apprenoit cette injure,
Instruite par quelqu'un que tu trahis sa foi....

LISVAL.

Ah! ne parlons plus de Zélie;
Jusques à son retour, permets que je l'oublie:
De l'inconnue enfin j'adore les attraits.
Ma femme, il est vrai, m'intéresse,
Elle mérite ma tendresse;
Je l'estime; elle m'aime, & je la trompe : mais,
Dans le fond, suis-je si coupable?
Si l'inconstance est condamnable,
Belmont, si tu la mets au nombre des forfaits,
Ce sont ceux de mon siècle. Eh! quel homme, à mon âge,
Eut langui si long-tems dans les bras de l'Hymen?
Après un an de mariage,
On peut, sans un long examen,
Pendant quelques momens rompre son esclavage,
Se rendre à ses amis, à la société.

BELMONT.

Oui, tu peux m'alléguer l'usage,
Ressource des ingrats : mais si de son côté,
Adoptant cette loi, que tu trouves si sage,
Ta femme osoit un jour... Lisval, que dirois-tu?

LISVAL.

Belmont, pour m'imiter, elle a trop de vertu.

BELMONT.

Dans ta bouche, Marquis, j'aime affez un éloge,
Que tu ne veux pas mériter :
Souffres que fur ce point ton ami t'interroge.

LISVAL.

Oh ! tu vas m'impatienter.

BELMONT.

Cher Lifval, fi cette inconnue,
Qui doit ce foir fe montrer à tes yeux,
T'offroit de la laideur l'affemblage odieux ?
Jufqu'à préfent tu ne l'as vue
Que fous le mafque. Eh bien ! ce charme impérieux
Qui te fubjugue, qui t'entraîne,
Qui te fait trahir la beauté,
Abjurer tes fermens & brifer une chaîne
Qui faifoit ta félicité ;
Ce charme évanoui, ton époufe informée
Que du léger Lifval elle n'eft plus aimée,
Ne gémirois-tu pas de déchirer un cœur
Senfible pour toi feul, toujours tendre & fidèle,
Et qui te confia le foin de fon bonheur ?
Tu ne me réponds rien ?

LISVAL.

Non, l'inconnue eft belle ;
Et le fut-elle moins, je chéris mon erreur.

BELMONT.

Va, c'eſt au tems que j'en appelle;
L'imagination ſait embellir ton choix.
Tu n'es pas le premier. J'ai vu plus d'une fois,
Sous un maſque charmant, l'objet le moins aimable
Séduire d'un coup-d'œil, & ſoumettre à ſes loix
    Le cœur le plus invulnérable;
    Mais, Liſval, bientôt le grand jour,
En éclairant l'erreur, anéantit l'amour.

LISVAL.

A force d'être raiſonnable,
Tu déraiſonnes, mon garçon.

BELMONT.

Non, je te prêche une morale...

LISVAL.

Fais-moi grace de la leçon :
A la gaîté, mon cher Belmont,
La ſageſſe eſt toujours fatale.

    (*Il regarde à ſa montre*).

Mais il eſt dix heures.

BELMONT.

        Ma foi,
Je te le dis encore, on ſe moque de toi.

LISVAL.

Au lieu de me railler ſur mon impatience,
Tu ferois beaucoup mieux de rentrer dans le Bal.

BELMONT.

Volontiers.

(Laurette touffe derrière la couliffe).
(à part).

Mais quelqu'un s'avance.
Je ne me trompe pas. C'eft Laurette, je penfe ;
On a touffé, fortons : c'eft-là notre fignal.

SCENE VII.

LISVAL *feul.*

QUE la froideur eft rebutante !
Tout s'offre à fes regards fous le plus trifte jour.
Ah ! j'aime mieux cent fois mon humeur pétulante.
Malheur à l'ame indifférente
Que n'éclaira jamais le flambeau de l'amour !

SCENE VIII.

LISVAL, ISMÈNE ET LAURETTE, *en Bohémiennes*
& mafquées ; troupe de Bohémiens derrière elles.

LAURETTE *à Ifmène, au fond du Théatre.*

LE voici.

LISVAL *croyant être feul.*

Pour mes feux l'attente éft trop cruelle !...
Quoique mafquée, à mes yeux qu'elle eft belle !

(*Voulant sortir*).

Oui, courons la chercher...

(*Appercevant les Bohémiens*).

Quels gens viennent s'offrir!...

Évitons-les...

(*Ismène & Laurette l'arrêtent*).

Pourquoi me retenir?

ISMÈNE.

Dans l'avenir nous favons lire;
Approchez, mortels curieux,
Nous avons foin de ne prédire
Que ce qui peut flatter vos vœux.
Notre fcience eft peu commune,
Nous difons la bonne fortune;
Venez, venez nous confulter.
Êtes-vous rebuté de quelque blonde ou brune?
Nous avons, pour vous contenter,
Vingt recettes pour une.
D'obliger les amans nous nous faifons plaifir.
Celle que vous aimez, feroit-elle infidelle,
Vous la verrez à vos pieds revenir.

(*Lifval veut s'échapper par le côté oppofé; il eft arrêté par
Cloé, à la tête d'une autre troupe de Bohémiens & de
Bohémiennes*).

LISVAL.

Parbleu, l'aventure eft nouvelle!

(*Les deux troupes de Bohémiens fe réuniffent & forment une
danfe autour de Lifval, qui, pendant toute cette Scène,
donne toujours des marques de la plus vive impatience*),

Quoi! je ne ferai pas le maître de fortir?

SCENE IX.

LISVAL, ISMÈNE, LAURETTE, CLOÉ, TROUPE DE BOHÉMIENS ET DE BOHÉMIENNES *dans le fond du Théatre.*

CLOÉ.

D'UNE épouse qui vous obsède,
Voulez-vous fuir les yeux jaloux ?
Nous possédons le seul remède
Utile au repos des époux.

LISVAL.

J'enrage ! Mesdames, de grace,
Allez porter ailleurs vos talens merveilleux :
Sur mon sort rien ne m'embarrasse,
Et je suis né peu curieux.

LAURETTE.

Nous avons cependant des choses à vous dire,
Que vous ferez bien d'écouter.

LISVAL.

Je vous conjure, moi, de ne pas m'arrêter?

ISMÈNE.

Mon bon Monſieur, avec nous venez lire
Dans l'avenir.

LISVAL.

Ah ! quel martyre !

(*Pendant le reſte de cette Scène, Zélie & Belmont ſe
retirent dans un cabinet qui eſt placé du côté de la
Reine, après s'être démaſqués un inſtant pour ſe faire
reconnoître des Spectateurs. Iſmène, Cloé & Laurette
obſédent Liſval, de façon qu'il ne peut voir ce qui ſe
paſſe derrière lui. Belmont & Zélie paroiſſent de tems
en tems à la porte du cabinet*).

ISMÈNE.

N'eſpérez pas de nous quitter.

LISVAL.

Comment, morbleu !

LAURETTE.

Point de colère,
Mon beau Monſieur ; ſoyez moins violent.

ISMÈNE.

C'en eſt trop, vous avez beau faire
Pour ne pas m'écouter, vous êtes trop galant.

CLOÉ.

Fi donc ! vous nous faites la moue ?

LISVAL.

Ah ! c'eſt un tour que l'on me joue !

ISMÈNE.

Faut-il, mon bon Monfieur, que nous vous pourfuivions?

LISVAL *à part.*

Parbleu, je crois les reconnoître...
Et toutes ces voix-là... Qui diable pourroit-ce être?

(*A Ifmène*).
N'êtes-vous pas Doris?

ISMÈNE.

Ceffez vos queftions.
Soyez difcret, dans peu nous nous ferons connoître.

LISVAL.

J'y fuis.

CLOÉ.

Quoiqu'il en foit, n'ayez aucun fouci:
Donnez-moi cette main.

ISMÈNE.

Donnez-moi celle-ci.

LISVAL, *après quelques difficultés.*

Que faire? Il faut bien les entendre;
C'eft l'unique moyen de m'en débarraffer.

(*Laurette renvoye les Bohémiens, & va au fond du
Théatre*).

ISMÈNE.

Bon! je vous trouve l'air plus tendre:
Cela me fait plaifir. Çà, je vais commencer.

(*Elle fait plusieurs lazzis en regardant dans la main
de Lisval*).

Que vois-je là ? Ciel ! quel préfage !
L'avenir s'offre à moi fous un afpect affreux.
Se pourroit-il ?... Epoux volage !
Arrête, & refpecte tes nœuds.

C L O É.

Le figne que voici te préfente l'image
Du deftin le plus glorieux.
Aujourd'hui l'objet qui t'engage
Se difpofe à combler tes vœux.

L I S V A L.

De grace, dites-moi, qui croire de vous deux ?

<table>
<tr><td>C L O É.</td><td rowspan="2">} Enfemble.</td></tr>
</table>

C L O É.

Moi.

I S M È N E.   } *Enfemble.*

Moi.

L I S V A L.

Fort bien.

C L O É.

Je vois une fête brillante,
Dont l'amitié fait les apprêts.

I S M È N E.

C'eft l'amitié qui la préfente,
Mais l'amour feul en fait les frais.

LISVAL.

Que dites-vous ?

ISMÈNE.

De cette injure
Tout bas le Dieu d'Hymen murmure ;
Crains les effets de son courroux.

LISVAL *à part,*

Suis-je trahi ?

CLOÉ.

De cette fête,
Ce soir même, l'amour t'apprête
Un prix bien flatteur & bien doux,
Heureux amant !

ISMÈNE.

Perfide époux!

LISVAL.

Depuis long-tems je vous écoute,
Mesdames ; pour le coup, vous ne vous plaindrez pas.

(*Frontin entre sur la Scène, & fait tous ses efforts pour reconnoître les Masques qui sont avec son Maître & se faie appercevoir de lui. Laurette lui coupe toujours le passage & l'empêche d'approcher*).

ISMÈNE.

Sur ce que nous disons, ne formez aucun doute ;
C'est la vérité,

LISVAL *voulant s'échapper.*

Dans ce cas,
Je vous crois ; tout eſt dit, je penſe.

CLOÉ *le retenant.*

Non, non : revenez ſur vos pas,
Et ſachez...

LISVAL.

Quel tourment !

ISMÈNE.

Une autre circonſtance...

LISVAL.

Ah ! vous n'avez rien oublié.

CLOÉ.

Votre maitreſſe & votre épouſe
Se connoiſſent beaucoup ; leur commerce eſt lié
Par les nœuds éternels d'une tendre amitié.
Toutes deux ſont d'humeur jalouſe ;
Craignez qu'un éclairciſſement,
Amené par votre imprudence,
Ne détruiſe en un ſeul moment
Des projets qu'a vu naître & nourri l'eſpérance.

LISVAL *s'échappant.*

Je vous ſuis obligé de tant de prévoyance.

SCÈNE X.

LES PRÉCÉDENS, FRONTIN *se trouve nez à nez*
avec Lifval.

FRONTIN.

Monsieur, Monſieur.

LISVAL.

Que veut cet animal ?

FRONTIN.

L'inconnue eſt, Monſieur, à préſent dans le Bal.

LISVAL.

J'y vole.

ISMÈNE.

Encore un mot.

LISVAL.

Eh ! non, non. Je m'échappe,
Beaux Maſques, je n'y reviens plus.
Pour m'arrêter ici, vos ſoins ſont ſuperflus ;
Je ne crois pas qu'on m'y rattrappe.

(*Il ſort, & fait ſigne à Frontin de le ſuivre*).

SCENE XI.

CLOÉ, ISMÈNE, LAURETTE, *démasquées*.

CLOÉ.

Nous l'avons mené lestement.

ISMÉNE.

Moi, je vous secondois de mon mieux.

LAURETTE.

　　　　　　　Et Laurette,
　　Vous lui devez un compliment :
　　De moi je suis très-satisfaite.
Le cher Monsieur Frontin, mon très-brutal époux,
　　Venoit ici chercher son maître ;
Il passoit, repassoit, rodoit autour de nous,
　　En tâchant de nous reconnoître.
Je l'ai tant poursuivi, lutiné, tourmenté,
　　Que, malgré toute son audace
　　Et son air de capacité,
N'y pouvant plus tenir, il a quitté la place.

CLOÉ.

Allons changer d'habits. De cet appartement

　J'ai vu sortir & Belmont & Zélie ;
Ils ont tout entendu. Joignons-les promptement :
　　Il faut, de cette Comédie,
　　Que nous voyons le dénouement.

　　(*Elles sortent masquées*).

SCÈNE XII.

LAURETTE *seule, démasquée.*

Si mon bourru venoit!... Le voici justement.

(*Elle remet son masque. Frontin entre en baillant ;*
Il essaye tour-à-tour plusieurs sièges, comme un
homme qui cherche à s'arranger pour dormir, & ne
se trouve bien nulle part).

Le hasard m'est trop favorable
Pour n'en pas profiter. Son humeur intraitable
Mérite bien qu'ici je m'égaye un moment
A le faire enrager. Bon ! le sommeil l'accable.
  A peine a-t-il quitté la table,
   Qu'il cherche un endroit pour dormir.
Un époux est pourtant un être bien aimable !

SCÈNE XIII.

FRONTIN, LAURETTE.

FRONTIN, *sans voir Laurette.*

Ces Masques font un train ! on n'y peut plus tenir.
   Quel baccanal ! quelle cohue !
   D'ici je m'en vais déguerpir.
Le moyen à ce bruit de pouvoir m'assoupir ?
J'aimerois presqu'autant me coucher dans la rue.

LAURETTE *à part.*

Abordons-le civilement.

(*Elle s'approche & salue*).

Monsieur, je suis votre servante.

FRONTIN.

C'est encor un masque! Comment,
Ils me suivront par tout! leur ombre m'épouvante:
Ne m'en déferai-je jamais?

LAURETTE.

Me reconnoissez-vous?

FRONTIN, *sans la regarder.*

Non pas, qu'il me souvienne.

LAURETTE *passe de l'autre côté.*

Là, regardez-moi bien.

FRONTIN.

Si fait, je vous remets.
Vous êtes la Bohémienne
Qui tantôt...

LAURETTE.

Oui, c'est moi-même.

FRONTIN.

Adieu;
Vous m'avez chassé de ce lieu
Quand j'y voulois rester; maintenant je m'en chasse,
Pour n'y pas rester avec vous.

LAURETTE.

LAURETTE.

Le compliment eſt aſſez doux.

FRONTIN.

Serviteur.

LAURETTE.

Eh ! Monſieur, de gr
Soyez moins impoli : reſtez, cauſons tous de

FRONTIN.

Vous êtes d'humeur babillarde,
A ce qu'il me paroît ; moi, fort ſilencieux ;
On le voit à mon air, pour peu qu'on le rega .

LAURETTE.

Ah ! je ſais ce que c'eſt. Vous attendez ici
Quelque jeune & belle maitreſſe.
Tenez, à vous je m'intéreſſe
Plus que vous ne penſez. Dites-moi....

FRONTIN.

Grand :

De l'intérêt.

LAURETTE.

Ainſi, Monſieur...

FRONTIN.

Ainſi

Vous me connoiſſez mal.

LAURETTE.

Peut-être

FRONTIN.

Je vais vous le prouver. J'attends ici mon maître,
Homme galant, fort amoureux
D'un tendron trop rufé pour fe faire connoître,
Dont, jufques à préfent, il n'a vu que les yeux;
C'eft d'un mafque, en un mot, que fon ame eft éprife ;
Et, puifqu'il faut que je le dife,
Tout mafque eft, à mon fens, un objet odieux.

LAURETTE.

De cette averfion je ne fuis pas furprife,
Et vous pouvez n'avoir pas tort.
Mais enfin, dites-moi, n'eft-il point de femme
Qui vous plaife ?

FRONTIN.

Non, fur mon ame ;
Je les hais toutes à la mort.

LAURETTE.

Pour juftifier ce tranfport,
Apparemment quelques beautés cruelles,
En méprifant vos feux, vous ont fait éprouver...

FRONTIN.

Examinez-moi bien. Suis-je fait pour trouver
En mon chemin des cœurs rebelles ?

LAURETTE.

Eh ! mais...

FRONTIN.

Parlez-moi fans façon.

LAURETTE.

Je vous trouve, Monsieur, assez joli garçon :
Oui, votre figure est passable.

FRONTIN *avec fatuité.*

Passable !… je vous crois. Dites donc, adorable ;
C'est le mot.

LAURETTE *à part.*

Le faquin !

FRONTIN.

Et c'est sans vanité
Que j'en conviens.

LAURETTE.

Oh ! oui.

FRONTIN.

Mais, à la vérité,
Je suis forcé de rendre hommage.

LAURETTE.

Fait comme je vous vois, à la fleur de votre âge,
L'amour doit vous paroître un sentiment bien doux.

FRONTIN.

Oui, Madame ; mais, entre nous,
Je trouve bien pesant le joug du mariage.

LAURETTE.

Comment ! vous êtes marié ?

FRONTIN.

Hélas ! oui, de par tous les diables.

LAURETTE.

Admirez le rapport. Par des nœuds effroyables,
Au deſtin d'un mari mon deſtin eſt lié.
Cet époux eſt, Monſieur, jaloux, brutal, ivrogne,
    Quinteux, joueur & libertin,
    Avare au par-deſſus ; enfin,
    N'étoit l'honneur....

FRONTIN *à part.*

               Ah, la carogne!

LAURETTE.

Vous m'entendez?

FRONTIN.

           Oh! par ma foi,
Ce langage eſt intelligible.

LAURETTE *à part.*

Je l'ai peint trait pour trait.

FRONTIN *à part.*

           Son projet eſt viſible:
Elle m'en veut.

LAURETTE.

       Et vous?

FRONTIN.

             Et moi!
J'ai pour femme une pigrièche
D'humeur bruſque, d'eſprit revêche;

A tout ce que je veux, répondant toujours non ;
Gourmande, bégueule, hargneufe,
Coquette, s'il en eft, fotte, capricieufe,
Et, pour tout dire, un vrai démon.

LAURETTE *à part.*

(*Haut*).

Le monftre ! Ce portrait n'eft pas fort agréable ;
D'une époufe fi peu traitable,
On pourroit vous dédommager.

FRONTIN *à part.*

(*Haut*).

Nous y voilà. L'offre eft très-honorable,
Mais j'en connois tout le danger.
Lorfque, pour mon malheur, je recherchai Laurette,
Je crus, en l'époufant, trouver femme parfaite.
Infortuné Frontin, quelle fut mon erreur !
Si, par fa mort, le deftin favorable
Daignoit finir le tourment qui m'accable,
Des pièges de l'amour je garderois mon cœur.

LAURETTE *à part.*

Par ma mort ! ah ! le miférable !
Si j'ofois… Mais il faut déguifer ma fureur.
(*Haut*).
On veut faire votre fortune,
Pour la faifir, faites un pas.
Toutes les femmes ne font pas

Comme la vôtre.

F R O N T I N.

Bon ! je n'en excepte aucune.
Vous-même je vous vois venir ;
Vous croyez déja me tenir,
Madame la Bohémienne ;

Cherchez fortune ailleurs, & vous ferez fort bien,
Où la chèvre est liée, il faut qu'elle se tienne.
Voilà mon dernier mot pour finir l'entretien :
Femmes, en général, ne valent toutes rien.
Je ne puis avoir pis ; mais je garde la mienne.

(Il sort).

S C E N E XIV.

LAURETTE *seule*, *démasquées*.

IL ne peut avoir pis ! je suffoque ! le traître !
　A me trahir, je n'ai pu l'engager.
　Je me flattois, qu'à l'instar de son maître,
Il voudroit se donner les airs de voltiger,
Et j'eusse bien usé du droit de me venger ;
　Mais il lui plaît d'être fidèle.
Des maris, ce magot veut être le modèle,
Pour m'ôter un prétexte à le faire enrager.
J'en suis outrée ! il faut que mon dépit éclate.
Sous quels traits odieux me peignoit son dépit !
　S'il pense tout ce qu'il m'a dit,

Il ne veut pas que je me flatte.
Qu'importe ! S'il me hait, je ne fuis pas ingrate.

SCENE XV.

BELMONT, LAURETTE.

BELMONT.

ÉCHAPPE-TOI, Lifval me fuit ;
Court vîte avertir ta maitreſſe.

(*Elle met ſon maſque & ſort*).

L'heure s'approche, il eſt minuit :
Tous deux, guidés par leur tendreſſe,
Nos époux vont dans ce réduit
Se parler... mais j'entends du bruit.
C'eſt Lifval.

SCENE XVI.

BELMONT, LISVAL, *une lettre à la main.*

LISVAL.

L'INCONNUE en ce lieu va ſe rendre :
Tiens, lis.

BELMONT, *après avoir lu.*

Par l'amour le plus tendre,

Ce billet me semble dicté.

LISVAL.

L'excès de ma félicité
Jamais ne pourra se comprendre.
J'espère que ce soir, du moins,
Je ne perdrai, Belmont, ni mes pas, ni mes soins.

BELMONT.

Je vois que ta joie est extrême ;
Mais ce qu'ici tantôt ces femmes t'ont prédit,
A-t-il pu s'effacer si-tôt de ton esprit ?

LISVAL.

Oui, tout cède au plaisir d'admirer ce que j'aime,
N'empoisonnes pas mon bonheur.
Quoi ! je vois cesser la contrainte,
Tout favorise mon ardeur,
Et je pourrois livrer mon cœur
Au triste sentiment d'une frivole crainte ?

(Avec beaucoup de ménagement).

Mais, mon cher Belmont, je l'attends ;
En s'offrant à mes yeux, en se faisant connoître,
Elle s'offenseroit peut-être
Si, malgré ma promesse...

BELMONT.

Eh, mon Dieu ! je t'entends :
Mon pauvre ami, tu me fais rire.
Pour me congédier, de quel air tu t'y prends !

Faut-il un détour pour me dire
Que tu veux être feul ? Adieu , je me retire.
Ménage bien , Lifval, ces précieux inftans ,
Je ne reparoîtrai que lorfqu'il fera tems,

(*Il fort en riant*).

SCENE XVII.

LISVAL *feul.*

BELMONT blâme en fecret mon nouvel efclavage;
Je lui pardonne. Hélas ! il n'a jamais aimé :
Mais moi-même je fens dans mon cœur allarmé
S'élever un fombre préfage.
Zélie !… Ah ! dois-je ici rappeller fon image ?
Objet de tous mes vœux ! ô toi qui m'as charmé,
Viens , tu dois régner feule en mon ame éperdue !

SCENE XVIII.

ZÉLIE *mafquée* , LISVAL.

LISVAL *allant au-devant de Zélie.*

OUI, je la vois… c'eft elle… Enfin , chère inconnue,
Voici le fortuné moment
Qui doit vous offrir à ma vue.
Vous m'avez promis…

ZÉLIE.

Oui, j'en ai fait ferment.

Et je viens le remplir : mais, Lisval, cette flamme
Que peut-être un caprice allume dans votre ame...

LISVAL.

Un caprice ! Ah, grands Dieux ! pouvez-vous le penser ?

ZÉLIE.

Permettez... cet amour, qui devroit m'offenser,
Que j'excuse pourtant, ne peut être durable.
Vous essayeriez vainement...

LISVAL.

Juste Ciel ! quoi ! le sentiment
Le plus pur, le plus respectable !

ZÉLIE.

Lisval, modérez ce transport :
Je voudrois vous voir raisonnable ;
Vous le pouvez ; il en est tems encor.

LISVAL.

Qu'allez-vous m'annoncer ? Voudriez-vous, cruelle ?...

ZÉLIE.

Je ne veux que votre bonheur.

LISVAL.

Mon bonheur ! il dépend du don de votre cœur ;
De vous persuader de mon ardeur fidelle.

ZÉLIE.

Je la verrai bientôt s'éteindre, cette ardeur ;
Ma beauté...

LISVAL.

Vous avez tout ce qui peut séduire.

ZÉLIE.

C'eſt le langage du délire;
Mais je n'ai pas la vanité…

LISVAL.

Oui, vous réuniſſez, puiſqu'il faut vous le dire,
Eſprit vif & ſaillant, décence, honnêteté,
Douceur intéreſſante & naïve gaîté :
Avec ces qualités, peut-on n'être pas belle ?

ZÉLIE.

Liſval, ce portrait eſt flatté ;
Votre pinceau n'eſt pas fidèle.
Mais paſſons… on prétend que vous avez aimé
Très-tendrement une Dame aſſez belle…
Pourquoi baiſſer les yeux ? ce trouble vous décèle.
Je vois qu'on m'a dit vrai… De plus, on m'a nommé
L'objet dont votre ame ravie
Porta long-tems les fers… c'étoit, je crois, Zélie.

LISVAL *embarraſſé.*

Zélie?.. Eh! mais…

ZÉLIE.

                 Cette rougeur,
Ce ſilence… Liſval, n'êtes-vous qu'un trompeur ?

LISVAL.

Non, Madame, je ſuis ſincère.
Zélie avoit ſu me charmer,
Mais…

ZÉLIE.

Achevez.

LISVAL *héſitant.*

Zélie a ceſſé de me plaire…

ZÉLIE.

Dès qu'un nouvel objet a fu vous enflammer.
Cet aveu vous trahit, & de votre inconftance,
C'eft me convaincre fans détour.
Mais je veux vous juger avec plus d'indulgence ;
Pour oublier un auffi tendre amour,
Sans doute vous avez quelque raifon fecrette.
Zélie eft peut-être coquette ?

LISVAL vivement.

Non : je dois à l'honneur de la juftifier.
Duffiez-vous me facrifier,
Je n'héfiterai pas à dire qu'elle eft belle,
Qu'elle unit aux vertus les graces, les talens,
Que de fon fexe elle eft la gloire & le modèle :
C'eft un hommage enfin que, devant vous, je rends
A l'eftime que j'ai pour elle.
Oui, j'en conviens, Madame, en ceffant de l'aimer,
Jufqu'au dernier foupir je la dois eftimer.

ZÉLIE.

Quoi ! Monfieur, vous quittez une femme eftimable,
Vous la trahiffez fans remords,
Sans pouvoir lui trouver des torts
Qui du moins, à mes yeux, vous rendent excufable !
Ah ! Lifval, fi Zélie a pu vous rendre heureux,
Si fon cœur fent le prix du vôtre,
Pouvez-vous en chercher un autre ?
Zélie eut votre amour... reportez-lui vos vœux ;
Ne la condamnez point au défefpoir affreux

De perdre l'amant qu'elle adore.
Devenez fon époux... fi vous ne l'êtes pas :
Allez expier dans fes bras
Une infidélité que peut-être elle ignore.

L I S V A L *à part.*

Où prend-elle cet afcendant ?
Jufqu'au fond de mon cœur elle a porté le trouble ;
Je l'écoutois en rougiffant,
Attendri malgré moi...

Z É L I E.

Votre embarras redouble.
Séparons-nous, Lifval, ne me revoyez plus.

L I S V A L.

Vous me voyez interdit & confus.
Quel eft donc ce pouvoir, ce charme inconcevable,
Qui féduit à la fois ma raifon & mon cœur ?
En vous voyant, l'amour m'attache à mon erreur,
Et quand je vous écoute, elle eft moins excufable.
J'avoue, en rougiffant, que je me fens coupable,
Que fur mon cœur Zélie eut des droits abfolus ;
Mais enfin mes efforts ont été fuperflus :
En vous voyant, j'ai cru fuivre une autre Zélie ;
J'ai cru fixer mes vœux irréfolus,
L'aimer en vous, lui confacrer ma vie.
Ai-je pu réfifter, lorfqu'en vous je la vois ?
˝ Tout la retrace à mon ame attendrie.
Ah ! quoique l'apparence ici foit contre moi,

L'amour, qui fait mon crime, est aussi mon excuse ;
Je ne suis infidèle à l'objet de ma foi,
Que par un doux rapport qui m'enchante & m'abuse.

ZÉLIE.

Il faut me le rendre. Je le vois,
Lisval, en moi vous n'aimez que Zélie?

LISVAL.

J'adore en vous sa charmante copie.

ZÉLIE.

Je veux de vous un serment solemnel :
Jurez-moi donc que votre cœur m'oublie.

LISVAL.

Non. Je jure, au contraire, un amour éternel
A l'objet qui m'offre Zélie.
Si j'ai fait le serment de la chérir toujours,
Je ne puis qu'adorer ce qui me la rappelle.

ZÉLIE *avec transport ; elle ôte son masque.*

Ah ! de tous tes sermens, voilà le plus fidèle,
Et le plus beau de mes jours.

LISVAL.

Zélie ! ô Ciel !

ZÉLIE.

Pardonne un artifice
Qui pour jamais assure mon bonheur.

LISVAL.

Même en te trahissant, je te rendois justice.

Ah ! conferve à jamais tous tes droits fur mon cœur ;
Le devoir, la vertu, l'amour, tout te les donne.
Zélie ! eft-il bien vrai que le tien me pardonne,
Qu'il oublie à jamais une coupable erreur !

ZÉLIE.

Ne rappelles donc plus ce cruel badinage ;
Dans ta légèreté tu n'étois point volage,
Même en trompant tes yeux, j'avois tous tes tranfports.

LISVAL.

Tu m'excufes, Zélie ! Ah ! puiffent mes remords !...

ZÉLIE.

Ne troubles plus la joie de mon ame attendrie,
Ne me parles jamais d'offenfes ni de torts ;
Ils feront effacés chaque jour de ta vie,
Si pour juge tu prend le cœur de ta Zélie.

SCENE XIX.

LES PRÉCÉDENS, BELMONT, ISMÈNE,
CLOÉ, *avec leurs premiers habits, fans mafque,*
FRONTIN, LAURETTE.

CLOÉ.

LISVAL à vos genoux ! & vous lui pardonnez ?

LISVAL.

De tout ce que je vois, mes efprits étonnés...

C L o' É.

Reconnoiſſez en nous les aimables forcières
Qui vous ont préſagé le deſtin le plus doux.

     Vous n'écoutiez qu'avec courroux
Ce que vous préſageoient nos ſublimes lumières ;
Nous diſions vrai pourtant. Nous pardonnerez-vous
D'avoir de vos amours pénétré le myſtère ?

B E L M O N T.

     Contre toi nous conſpirions tous.
C'eſt moi qui révélois ce que tu voulois taire.
Si je t'ai mal ſervi, venge-toi ; j'y conſens.

L I S V A L.

Me venger ! & de quoi ? De tes ſoins indulgens,
     De ton amitié, de ton zèle !
     Tu m'as forcé d'être fidèle
A l'objet adoré qui dut fixer mon choix.
Du devoir, de l'amour, tu m'as dicté les loix ;
C'eſt par toi qu'aujourd'hui mon bonheur recommence,
     Jouis de ma reconnoiſſance ;
Elle égale, Belmont, les biens que je te dois.

     (*A Zélie*).

La fête étoit pour toi : viens, ma chère Zélie,
Du charme qui te ſuit, viens embellir ces lieux :
Le moment fortuné qui nous reconcilie
Doit être le ſignal des plaiſirs & des jeux.

     (*Ils ſortent ſuivis de Belmont, Iſmène & Cloé*).

S C E N E

SCENE XX & *dernière.*

FRONTIN, LAURETTE.

(*Ils se regardent sans parler*).

LAURETTE.

Nous, Monsieur le Panégyriste,
A notre tour, qu'en dirons-nous?

FRONTIN.

Laurette, en te voyant, je doute si j'existe.
C'est toi, ma chère enfant, toi, que dans mon courroux..

LAURETTE.

Tu vas faire le bon Apôtre.
Parlons net. Du bonheur de ces tendres époux,
Si tu voulois, naîtroit le nôtre.
Imitons-les.

FRONTIN.

Le tour seroit original !
Un jaloux !

LAURETTE.

Je l'ai dit ; mais voyez le grand mal !

(*Lui tendant la main*)-

Çà ! veux-tu renouer ?

FRONTIN *hésite un instant, & lui donne la main.*

J'ai trop de complaisance.
Après m'avoir traité d'ivrogne, de brutal.

D

LAURETTE.

Tu me l'as bien rendu, je penfe.
Vas, vas, les vérités qui fe difent au Bal
Ne tirent point à conféquence.

Fin de la Pièce.

DIVERTISSEMENT.

*Le Théatre change en un Jardin. Il fait abfolu-
ment nuit.*

SCENE PREMIÈRE.
BELMONT, CLOÉ.

CLOÉ.

Nos Acteurs font-ils prêts?

BELMONT.

Oui.

CLOÉ.

Que devient Lifval?

BELMONT.

Je viens de l'arracher du Bal,
Où, fans rien foupçonner, il étoit près d'Ifmène;
Nos amis difperfés, fans tumulte & fans bruit,
Sont tous dans la falle prochaine.

CLOÉ.

Fort bien. Chacun d'eux eft inftruit
Du perfonnage qu'il doit faire,
Et, jufques à préfent, je réponds du myftère.

D 2

BELMONT.

Ne vous l'avois-je pas promis ?
Tout nous a réuffi, ma charmante coufine :
Lifval, époux tendre & foumis,
A mérité le prix que l'amour lui deftine.

CLOÉ.

C'étoit jouer gros jeu : car enfin, dites-moi,
Mon coufin, entre nous, que devenoit la fête,
Si, dégoûté de fa conquête,
Lifval eut refufé de rentrer fous la loi
D'une époufe jeune & charmante ?
Ce titre-là, Meffieurs, convenez-en,
Nous dépare à vos yeux : mais, très-heureufement,
Lifval trouve en Zélie une époufe, nne amante,
Et, par le même évènement,
Nous ne changerons rien à notre dénouement.

BELMONT.

Lifval eft vertueux ; il aime, il eft fincère ;
Il a pu s'égarer: Une flamme légère,
Illufion des fens, mais que le cœur dément,
Peut-elle l'emporter fur un engagement,
Sur un choix, que l'amour lui-même avoit fait faire ?
Le devoir, la raifon...
(*On entend un prélude d'inftrumens*).

CLOÉ

Chut, j'entends le fignal
Dont on eft convenu pour s'échapper du Bal
Et fe rendre en ces lieux. Il feroit néceffaire...
Mais voici le Marquis ; votre fœur le conduit.

B E L M O N T *frappe trois fois dans sa main.*

Feux brillans, diffipez les ombres de la nuit ;

Qu'à ma voix ce Jardin s'embelliffe & s'éclaire.

(L'illumination la plus brillante fuccède à l'obfcurité,
& laiffe voir le Jardin galament orné. Dans le
fond eft un périftile, au milieu duquel eft un autel
champétre ; fur l'autel un groupe d'enfans repré-
fentant l'Amour, l'Hymen, la Fidélité. A l'arrivée
de Lifval, ils defcendent fur le devant de la Scène.
L'Amour va à Lifval, qui l'envoye à Zélie, qui, de
fon côté, lui envoye la Fidélité : l'Amour & la
Fidélité vont fe joindre à l'Hymen.

S C E N E I I.

L E S P R É C É D E N S , LISVAL, ZÉLIE, &
toute la Compagnie qui eft cenfée étre au Bal.

L I S V A L.

C I E L ! où fuis-je ?

I S M È N E.
Avançons.

L I S V A L.
            Mais quels nouveaux apprêts ?
Belmont, cette Fête brillante...

C L O É.

C'eft l'amitié qui la préfente,
Mais l'Amour feul en fait les frais.

L I S V A L.
Belle Cloé, c'eft être trop méchante.
Quoiqu'il en foit, ici tout me plaît, tout m'enchante ;

Tout y brille à mes yeux des plus piquants attraits :
Je me crois tranſporté dans l'empire des Fées.

BELMONT.

Ce ſéjour eſt celui de la félicité ;
Vous y voyez ſon nom, ſes chiffres, ſes trophées.
Cet endroit peu connu, quoiqu'il ſoit bien vanté,
     Ne peut jamais être habité
Que par des êtres purs & des amans fidèles.

LISVAL.

Je t'entends.

BELMONT.

        Tout parjure en doit être écarté ;
Tel eſt l'ordre conſtant de la Divinité
Qui nous fait reſſentir ſes bontés immortelles.

LISVAL *regardant l'Amour.*

A tes pieds, Dieu charmant, oui, je jure à Zélie,
Par toi, par ſes attraits, un éternel amour.
Je reprends de tes mains la chaîne qui nous lie,
     Et ſi jamais mon cœur oublie
Le ſerment reſpecté que je forme en ce jour,
Puiſſes-tu me punir, me punir ſans retour,
     En me privant de l'objet que j'adore !
        Que dis je, amour ! fais plus encore ;
Que l'inſtant qui ſuivra mon infidélité
        Me rende au feu qui me dévore ;
        Mais que Zélie, en liberté,
Forme les nœuds brillans d'une chaîne nouvelle,
        Aſſure ſa félicité,
     En couronnant un amant digne d'elle.
Que mes regards ſurpris la retrouvent plus belle,

Et que du repentir la funeste clarté
Offre ces tristes mots à mon cœur agité.
« Zélie étoit à toi, tu lui fus infidèle ;
» Tu la perds pour jamais, & tu l'as mérité.

ZÉLIE.

Cher Lifval, en faveur d'un retour si sincère,
J'ofe, fur cet autel, te jurer, à mon tour,
D'oublier pour toujours une erreur pafl'agère,
De vivre pour t'aimer, de chercher à te plaire,
De ne rien négliger pour fixer ton amour.
Ce font-là les fermens que me dicte ma flamme ;
       Et puiflai-je perdre le jour,
Lorfque je cefferai de régner fur ton ame.

L'Amour préfente Lifval à l'Hymen, qui reçoit Zélie
des mains de la Fidélité. Lifval & Zélie fe profternent
aux pieds de l'Hymen, qui, de concert avec l'Amour,
les enchaîne avec des guirlandes de fleurs. Cloé,
Belmont & Ifmène conduifent les deux Epoux fur un
trône de gazon qui eft fur le devant de la Scène,
d'où ils font témoins d'un Divertiffement analogue
au fujet.

Lu & approuvé, le 24 Novembre 1786.   SUARD.

Vu l'Approbation, permis d'imprimer. A Paris, ce 27
'Novembre 1786.   *DE CROSNE.*

DRAMES et COMÉDIES

Qui se trouvent chez CAILLEAU, Imprimeur-Libraire, rue Galande, N°. 64.

A.

ABDOLONIME, ou le Roi berger.
A bon Chat, bon Rat.
A bon Vin point d'enseigne.
Absence du Maître. (l')
Ainsi va le Monde.
Alexis & Rosette.
Amant de retour. (l')
Amour & Bacchus au Village. (l')
Amour Quêteur. (l')
Amour Suisse. (l')
Amours de Montmartre. (les)
Anglais à Paris (l')
Anglaise (l') déguisée.
Arlequin muet.
Arlequin Roi dans la Lune.
Aveux imprévus. (les)
Avocat Chansonnier. (l')
Bal Masqué. (le)
Ballon. (le)
Barogo.
Bataille d'Antioche. (la)
Battus payent l'amende. (les)
Bayard, ou le Chevalier sans peur & sans reproche.
Bienfaisans. (les)
Bienfait anonime. (le)
Bienfait récompensé. (le)
Blaise le Hargneux.
Bon Seigneur. (le)
Bon Valet. (le)
Bonnes gens. (les)
Boniface Pointu.
Bons Amis. (les)
Bottes de Foin. (les)
Brebis (la) entre deux Loups.
Cabinet de Figures. (le)
Cacophonie. (la)
Café des Halles. (le)
Ça n'en est pas.
Caprices (les) de Proserpine.
Carmagnole & Guillot Gorju.
Chacun son Métier.
Cent Ecus. (les)
Consultations. (les)
Corbeille enchantée. (la)

Christophe le Rond.
Churchill amoureux.
Colporteur supposé. (le)
Danger des Liaisons. (le)
Déguisemens Amoureux, (les
Déguisemens, (les)
Déserteur, Drame.
Devin par hasard. (le)
Deux (les) font la paire.
Deux Fourbes. (les)
Deux Sœurs. (les)
Deux Sylphes. (les)
Dinde du Mans. (la)
Diogène Fabuliste.
Double Allégresse. (la)
Dragon (le) de Thionville.
Duel (le)
Dupes de l'Amour. (les)
Échange (l') des deux Valets.
École des Coquettes. (l')
Écolier devenu Maître. (l')
Écossaise. (l')
Écouteur aux Portes. (l')
Emménagement de la Folie. (l')
Enrôlement supposé. (l')
Ésope à la Foire.
Espiéglerie amoureuse. (l')
Étrennes de l'Amour, de l'Amitié & de la Nature. (les)
Eustache Pointu,
Fanfan & Colas.
Fanny.
Faux Talisman. (le)
Fausses Consultations. (les)
Fausses Infidélités. (les)
Faux Ami, Drame. (le)
Fédéric & Clitie.
Femme comme il y en a peu. (la)
Femmes & le Secret. (les)
Fête des Halles. (la)
Fête Villageoise. (la)
Fin contre Fin.
Fête de Campagne. (la)
Folies à la mode. (les)
Fou raisonnable. (le)
Frères. (les deux)

www.ingramcontent.com/pod-product-compliance
Ingram Content Group UK Ltd.
Pitfield, Milton Keynes, MK11 3LW, UK
UKHW022320120726
13694UKWH00004B/1484